FÁBIO DE MELO

Amigo

SOMOS MUITOS, MESMO SENDO DOIS

Amigo leitor,

Queremos saber sua opinião sobre nossos livros.

Após sua leitura, acesse nosso site (www.editoragente.com.br), cadastre-se e contribua com suas sugestões, críticas ou elogios.

Boa leitura!

Fábio de Melo

Amigo

Somos muitos, mesmo sendo dois

Fotos de
Juliana Andrade

Gente editora

Editora
Rosely M. Boschini

Assistente editorial
Rosângela Barbosa

Capa
Daniel Rampazzo / Casa de Idéias

Foto do autor na capa
Gustavo Floresta

Projeto gráfico, editoração e produção
Editora Gente

Rua Pedro Soares de Almeida, 114
São Paulo, SP, 05029-030
Tel.: (11) 3670-2500
Site: http://www.editoragente.com.br
E-mail: gente@editoragente.com.br

Dados Internacionais de Catalogação na Publicação (CIP)
(Câmara Brasileira do Livro, SP, Brasil)

Melo, Fábio de
Amigo : somos muitos, mesmo sendo dois / Fábio de Melo ; fotos de Juliana Andrade. — São Paulo : Editora Gente, 2007.

ISBN 978-85-7312-793-5

1. Amizade 2. Citações 3. Livros de frases I. Andrade, Juliana. II. Título

07-9558 CDD-808.882

Índices para catálogo sistemático:
1. Amizade : Frases : Literatura 808.882

Aos amigos que emprestam vozes aos meus silêncios.

Introdução

Martin Buber, grande nome da Filosofia Personalista, dizia que do encontro entre duas pessoas sempre nasce uma terceira.

A terceira pessoa é uma forma de derramamento de tudo o que nos sobra, e que pela força do encontro fazemos aflorar.

Esse é um princípio simples, por meio do qual podemos explicar as regras de nossos amores. O que gostamos uns nos outros é tudo aquilo que antes era solidão em nós e que depois, pela força do encontro, é iluminado, multiplicado e maravilhosamente partilhado.

Amigos são assim. São pessoas que se multiplicam.

A experiência poética de alguma forma também passa pela mesma regra dos encontros que multiplicam realidades.

O poeta, ao viver o assombro de tudo o que lhe encanta, amplia o que vê, e nisso está a grandeza de seu ofício. Aos poetas cabem a missão de dilatar os significados do mundo.

É nesse ponto que amigos e poetas são iguais. Ambos possuem o dom de retirar a vida da singularidade, tornando-a plural.

Que seja sempre assim: poetas e amigos sejam multiplicados, esparramados por todos os cantos do mundo.

Eu queria ser poeta...

Conhecer o ofício de recolher palavras

Realizar a proeza de desvendar
os silêncios

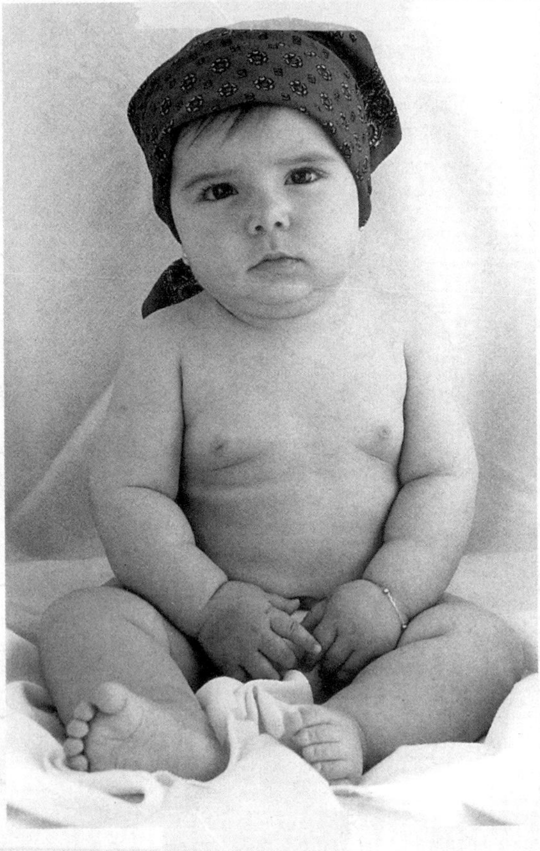

E descobrir o que o outro fala, mesmo quando ele não diz.

Eu queria ser amigo dos versos...

Possuir as asas que à
inspiração pertencem

E alcançar a palavra que possa ser a tradução do amor que sinto por você.

Mas do poeta eu só possuo os óculos.

Óculos são instrumentos que
ampliam a visão...

O amor também.

E já que não sou poeta,
o amor é o que me resta.

Desde quando a vida me permitiu
conhecer você,

Tenho experimentado a beleza do significado da amizade.

Quando nossos caminhos se encontraram, foi amizade à primeira vista.

Depois daquele encontro,
meu mundo ficou mais bonito.

Sua presença quando os dias
eram difíceis...

Quando pensei que felicidade
era coisa de outro mundo...

Sua palavra me convenceu de que
eu deveria continuar.

Suas alegrias despertando
minhas alegrias...

Suas risadas me fazendo rir também.

Nossas madrugadas de conversas...

Vida dividida nas pequenas coisas.

Costura do tempo nos
aproximando sempre mais.

Mas quando surgiram nossas diferenças...

Quando descobrimos nossos
maiores defeitos

Manifestações de protesto...

Crises nervosas...

Discursos desaforados...

A promessa de que eu iria embora
definitivamente de sua vida...

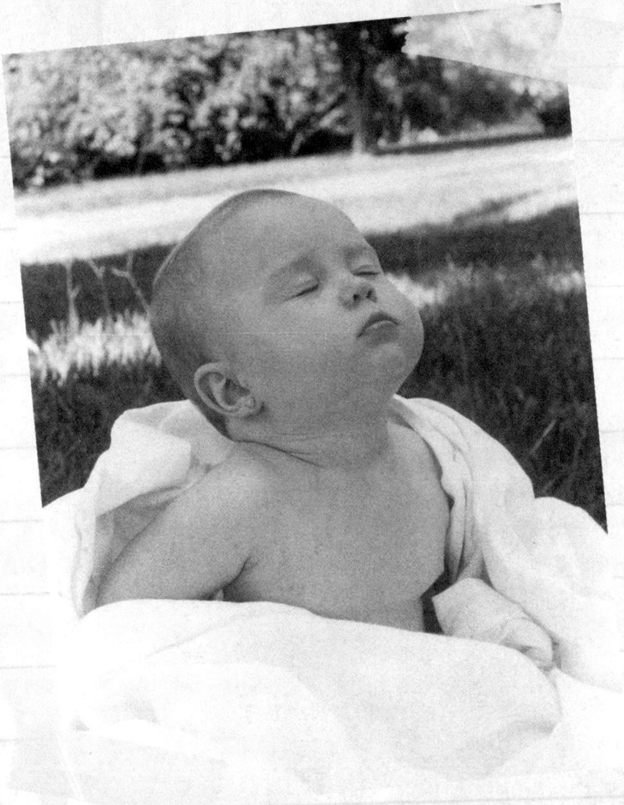

E de que nunca mais voltaria
a pronunciar seu nome.

Mas depois a saudade...

A ausência mensurada...

O arrependimento...

O pedido de perdão...

E o aprendizado de que
quanto mais a gente ama...

Muito mais a gente precisa perdoar.

O amor é o motivo do perdão...

E o perdão é a continuidade do amor.

Obrigado por ter me ajudado a entender isso.

Estar ao seu lado é sempre motivo de festa.

Quando estamos juntos, a vida ganha um signi-
ficado diferente.

Retiramos o dia comum do calendário e o transformamos em feriado.

Extraímos felicidade das coisas
mais simples...

E multiplicamos a graça de cada instante.

Eu não sei dizer quem eu sou sem que me recorde de você...

Se da minha vida eu sou o sujeito,
você é um adjetivo.

Você me empresta qualidade...

Você me devolve quando sou roubado...

Você me encontra quando estou perdido.

Pode ser que um dia a gente venha a se perder nas distâncias deste mundo...

Pode ser que um dia a gente se separe...

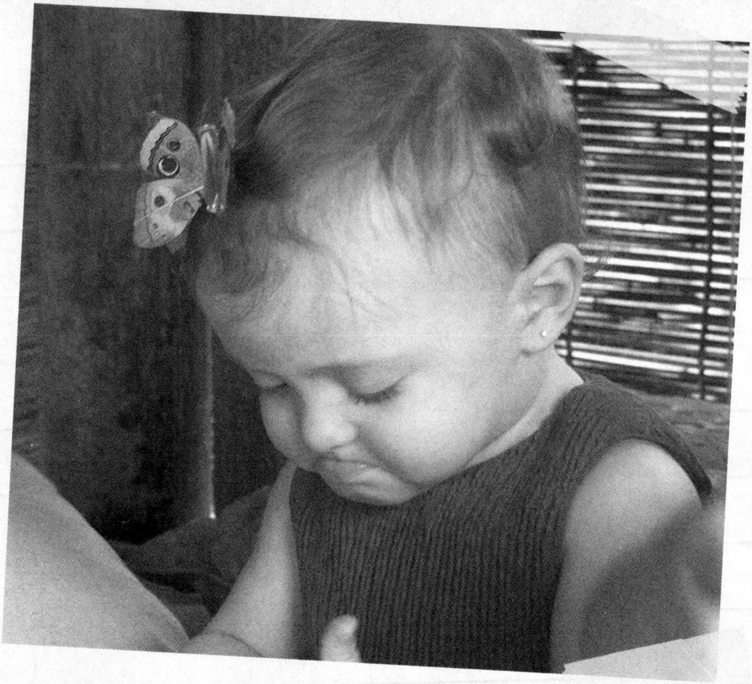

Nem sempre a vida respeita
o que a gente quer.

Mas uma coisa é certa...

Se pela força da distância você se ausentar, pelo poder que há na saudade você há de voltar.

Mesmo que o tempo passe...

Você fique velhinho...

E viva aquela fase: põe meu amigo no sol, tira meu amigo do sol...

Mesmo que você perca toda a sua utilidade...

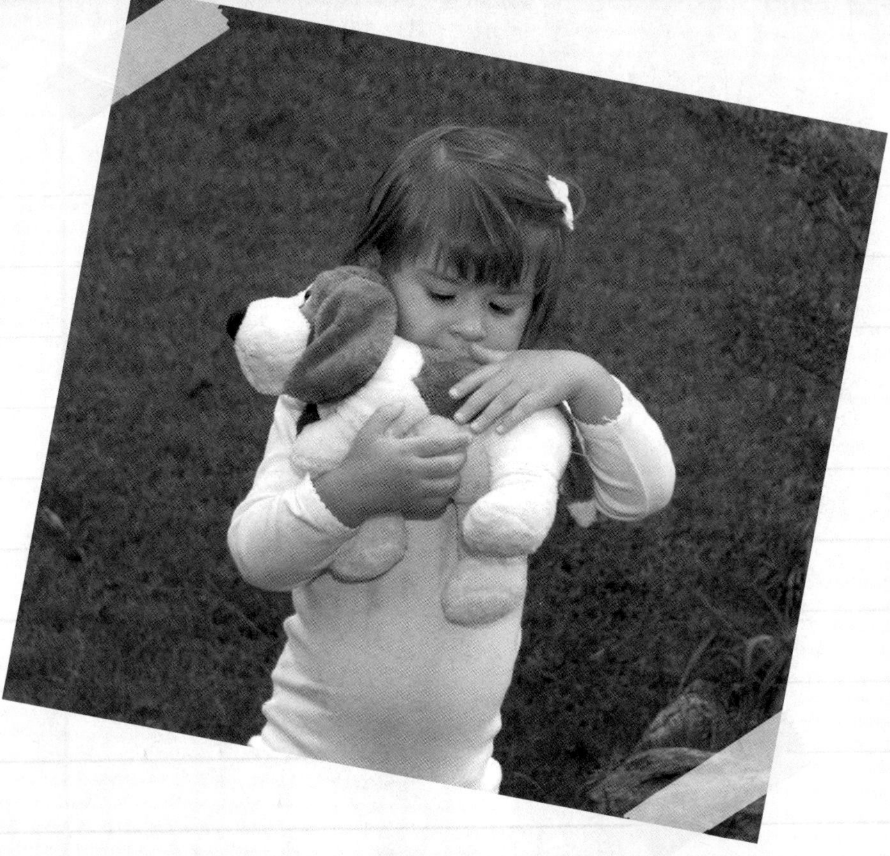

Dentro de mim você continuará
tendo significado.

E haverá sempre um lugar
reservado em minha casa para
você chegar, quando quiser.

Eu não gostaria que a morte nos alcançasse sem antes poder lhe dizer...

Que nas miudezas dos meus dias que passam,
você é um grande acontecimento
que permanece.

Amar é um recurso humano
que nos faz eternos...

Recolhe e resguarda e não deixa morrer.

Retira da mira do tempo...

E aconchega a pessoa amada na certeza:
Você não vai passar!

Hoje, neste dia em que a vida nos permitiu um encontro nestas páginas...

Neste instante em que seus olhos se ocupam das palavras que meu coração resolveu improvisar...

Eu gostaria de lhe agradecer pelas inúmeras vezes que você me enxergou melhor do que sou.

Pela sua capacidade de me olhar devagar...

Já que nesta vida muita gente já me olhou depressa demais.

Eu que nem sempre soube acertar...

Aprendi com você que arrependimento é bem melhor do que culpa.

Obrigado por você não ter desistido de mim.

Obrigado pelo seu dom de multiplicar o que sou e o que posso.

Eu, que na solidão dos meus dias sou
tentado a pensar pequeno.

Quando o encontro, sou sempre surpreendido com seu poder de me fazer ver o mundo com as mesmas lentes dos poetas...

Obrigado, hoje e sempre!

O que nos torna amigos é a capacidade de sermos muitos, mesmo quando somos dois.

Fábio de Melo

Fábio de Melo, mineiro nascido na cidade de Formiga, é graduado em Filosofia e Teologia, pós-graduado em Educação e mestre em Teologia Sistemática.

Padre, professor universitário, escritor, cantor e compositor, dedica-se inteiramente ao trabalho de evangelização pela arte, tendo como princípio de que o Evangelho é sempre uma palavra que nos proporciona a "aventura do bem."

Juliana Andrade

Uma mulher que acredita que a maior demonstração do amor de Deus é um filho. Artista que usa a máquina fotográfica para captar a emoção de pequenos momentos que contam a nossa história. Uma pessoa que usa as imagens para expressar os mais profundos sentimentos humanos. Alguém que vive com simplicidade e que valoriza os ensinamentos da Igreja, a família e a amizade.

Mineira da cidade de Luz, formou-se em Comunicação Visual em Belo Horizonte. A paixão pela fotografia começou em Seattle, onde morou por dois anos. Era babá do pequeno Robby e praticava com ele as teorias do curso de fotografia que cursava.

Autodidata na maior parte do tempo, Juliana Andrade dispensa as teorias e as técnicas de iluminação, pois acredita que, uma vez que fotografa crianças em sua espontaneidade, a única regra a ser seguida deve ser a intuição que nasce na alma.

Deixo aqui o meu beijo no coração de cada uma das crianças retratadas nas páginas deste livro. Sem elas, este sonho não teria se tornado tão real...

Obrigada.
Juliana Andrade

Este livro foi impresso pela Arvato do Brasil
Gráfica em papel couche 115g.